TRAGUDIA

KE

PARAMYTHIA

TIS KALABRIAS

CHANSONS

ET

CONTES POPULAIRES

DE LA CALABRE

TRADUITS EN FRANÇAIS

PAR ÉMILE LEGRAND

PARIS

CHEZ MAISONNEUVE ET Cⁱᵉ

15, QUAI VOLTAIRE, 15

—

MDCCCLXX

TRAGUDIA

KE

PARAMYTHIA

COLLECTION

DE

MONUMENTS

POUR SERVIR A L'ÉTUDE

DE LA LANGUE NÉO-HELLÉNIQUE

N° 14

CHANSONS ET CONTES POPULAIRES

DE LA CALABRE

TRADUITS EN FRANÇAIS

PAR ÉMILE LEGRAND.

PARIS

CHEZ MAISONNEUVE ET Cie

15, QUAI VOLTAIRE, 15

—

MDCCCLXX

TRAGUDIA

KE`

PARAMYTHIA

TIS KALABRIAS

EXEDÔKEN

EMYLIOS LEGRANDIOS

ATHINISIN

EN TÔ GRAPHIÔ TIS PANDÔRAS

—

1870

PARIS. — IMPRIMÉ CHEZ JULES BONAVENTURE,

55, QUAI DES GRANDS-AUGUSTINS.

À MON PÈRE

C'est à toi, mon père, que je dédie ce livre; daigne en agréer l'humble et respectueux hommage. Ce faible témoignage de ma filiale reconnaissance ne t'est-il pas bien dû, puisque le peu de science que je possède est autant le produit de tes sueurs que le fruit de mes veilles? Et la sainte poussière de ton travail n'est-elle pas aussi noble que les labeurs littéraires auxquels je suis fier de l'associer? La plume, elle aussi, est un outil; celui qui la tient, un ouvrier. Moi, comme toi, j'obéis à la grande loi qui commande à l'homme de travailler, loi immuable à laquelle il est aussi glorieux de se soumettre que honteux de contrevenir.

La modeste offrande que je suis si heureux de déposer entre tes mains, ô mon père, n'a que bien peu de prix, si je la compare aux privations et aux sacrifices que tu t'es imposés pour moi; mais sois sûr qu'elle procède d'un cœur sincère; sois sûr que mon unique désir c'est qu'elle puisse au moins te dire et la profonde gratitude et l'inaltérable affection de ton fils dévoué.

E. L.

PRÉFACE

Le dialecte grec parlé depuis une époque assurément très-reculée dans la Calabre et la Terre d'Otrante est demeuré longtemps sans attirer d'une façon sérieuse l'attention des philologues européens. Ce n'est que depuis quatre ou cinq ans seulement qu'il a commencé à être l'objet de recherches approfondies. Dans un ouvrage publié à Athènes, en 1864, et intitulé : « Ἰταλοελληνικά · ἤτοι κριτικὴ πραγματεία περὶ τῶν ἐν τοῖς ἀρχείοις τῆς Νεαπόλεως ἀνεκδότων ἑλληνικῶν περγαμηνῶν, » M. Zambélios, tout en constatant l'existence de cette langue foncièrement hellénique, la déclarait « vierge de toute étude » ; et après en avoir cité

une trentaine de mots, il ajoutait que par ses
mœurs, ses traditions, ses usages, la population
qui habite le territoire compris dans les deux
pointes extrêmes du continent italien atteste
d'une manière aussi frappante qu'incontestable le
lien d'origine qui la rattache à la grande famille
hellénique.

Le premier spécimen de ce dialecte fut publié,
en 1821, par Witte, dans le Gesellschafter, p. 697.
Ce docte Allemand avait recueilli à Bova trois
chansons populaires, et c'était l'une d'elles qu'il
offrait au public lettré de son pays; elle fut bien-
tôt reproduite dans le n° 2835 de la Liste der
Börsenhalle, et traduite par Schmidt-Phiseldeck,
dans son Auswahl neugriechischer Volkspoesien. Enfin,
les trois chansonnettes de Witte, après avoir été
successivement *illustrées* et commentées par
Pott et Mezzofanti, ont trouvé place dans le
grand recueil de Passow, aux pages 261, 447
et 448.

Mais la matière sur laquelle s'était exercée la
critique des hommes éminents que nous venons
de nommer était loin d'être assez considérable
pour permettre aux savants de se rendre un

compte exact des ressemblances et affinités qui pouvaient exister entre le dialecte gréco-calabrais et la langue hellénique. Force était d'attendre quelque chose de plus complet.

C'est à M. Domenico Comparetti, professeur à l'Université de Pise, qu'était réservé l'honneur de publier un livre que les hellénistes appelaient de tous leurs vœux. Ce fut en 1866 que parut l'ouvrage du savant Italien (1). Son recueil contient trente et quelques chansons et plusieurs spécimens de prose. Le texte est accompagné d'une traduction italienne et d'une transcription en caractères grecs. L'ouvrage de M. Comparetti mérite, selon nous, toutes sortes d'éloges, et nous devons savoir gré à l'auteur de nous avoir donné un travail aussi consciencieux qu'instructif, utile et intéressant.

Mais l'ouvrage capital sur le sujet qui nous occupe est celui que le Dr Giuseppe Morosi a publié, à Lecce, au commencement de cette

(1) *Saggi dei dialetti greci dell' Italia meridionale, raccolti ea illustrati da* DOMENICO COMPARETTI, professore nella R. Università di Pisa. *Pisa,* presso i fratelli Nistri; 1866. — In-8, xxviii-106 pages.

année. C'est de ce livre que nous avons extrait le recueil que nous offrons aujourd'hui au public français.

Les hellénistes s'étonneront certainement de ce que nous n'avons pas employé l'alphabet grec dans la transcription de ces chansons. Plusieurs motifs nous ont engagé à prendre cette détermination ; et d'abord, l'exemple de MM. Comparetti et Morosi qui ont jugé à propos de conserver l'alphabet latin, qui est du reste le seul usité et le seul connu parmi le petit peuple qui parle le gréco-calabrais ; c'est ce qui résulte du témoignage de ceux qui ont parcouru le pays et d'une lettre citée par M. Comparetti, dont voici les dernières lignes : « *En su grafo ma ta grammata grica, jadi emi en grafome ; ce su pianno grammata pu mu ndiazzutte, andè ene psero esprimepsi o milimma pu turtea.* » — « Je ne t'écris pas avec les lettres grecques, parce que nous ne les écrivons pas ; et j'emploie les lettres dont je me sers (d'habitude), autrement je ne saurais pas m'exprimer dans la langue de ces contrées. »

En second lieu, l'alphabet grec est plus insuffisant que le latin à rendre la prononciation usitée en Calabre ; ainsi, par exemple, πουλί s'écrit et se prononce *pouddi;* πολλά, *podda,* et ainsi des autres. Il est clair qu'on n'arriverait à figurer cette prononciation avec les lettres grecques qu'à l'aide de combinaisons aussi insolites que barbares. Notons encore que le δ n'a pas en Calabre le son qu'on lui donne par toute la Grèce ; il se prononce absolument comme le *d* français ; de même le θ loin d'avoir toujours la valeur du *th* anglais doux correspond très-souvent à notre *t,* ainsi θεό = *teo ;* θάνατο = *tanato.*

Parmi les chansons éditées par M. Ascoli, nous avons choisi les plus belles. Nous n'avons donné qu'un spécimen de chants religieux, car ils ne nous semblent pas porter le cachet de simplicité qui révèle une origine populaire. Ils sont loin de valoir les chants sur la fête de Noël ou sur le Vendredi-saint qu'on trouve dans les recueils de Passow, Zambélios et autres ; ce ne sont pour la plupart que des traductions d'*hymnes* ou de *proses* faites sans doute par le clergé du pays.

Dans notre traduction nous nous sommes attaché à rendre le grec le plus littéralement possible; si nous n'y avons pas toujours réussi c'est que la phrase française, construite d'après la phrase originale, aurait été complétement inintelligible.

Paris, 2 juin 1870.

ÉMILE LEGRAND

TRAGUDIA EROTIKA

—

CHANSONS D'AMOUR

TRAGUDIA EROTIKA

I

Aspron e to harti, aspro e to hiôni,
Aspron e to halàzi ke (1) aspri e krini,
Aspro ene o sfondilôssu ke e vrahiôni;
’S ta mesa u pettu i dio mila ’fs’ asimi :
Se pingèfsane dio kali mastori,
Kini pù ’sane e lefti k’ e pleo fini ;
Ke se pingèfsa ke se kàman oria,
Ke su èmine sto kosmo ja memoria.

II

O ôria mu, janomeni, janomeni!
Ti su jalizi o muso sa keràsi,
Emi jennisimôston anumèni
E kittin ghetonia pu ’so korasi :
Arte ’vô pragalô, t’ ise armamméni,
Andra su na pesàni, na to hosi,
Ke giacca ti koràsin e ss’ epîra
Na ’ho speranza ti se perno hira.

(1) Nous n’avons employé le *k* que parce qu’il rend mieux la physionomie
du mot grec, car devant *e* et *i* il se prononce comme le *c* italien.

CHANSONS D'AMOUR

Blanc est le papier, blanche est la neige,
Blanche est la grêle et blancs sont les lys,
Blanc est ton cou et blancs sont tes bras ;
Au milieu de la poitrine tu as deux pommes d'argent.
Deux habiles maîtres t'ont peinte,
Ils étaient excellents et expérimentés,
Et ils t'ont peinte et t'ont faite belle,
Et tu es restée au monde pour souvenir.

O ma charmante, ô ma toute belle !
Ton visage brille comme une cerise ;
Nous sommes nés ensemble
Dans le voisinage où tu étais fillette.
Maintenant que tu es mariée, je désire
Que ton mari meure, que tu l'enterres ;
Afin que, n'ayant pu t'avoir jeune fille,
J'aie l'espérance de t'épouser veuve.

III

Klàfsete, ola t’ astèria, anu ’s emèna,
Ti e agàpi mu addo servo ehi vrimmèna;
Anu ’s emèna klàfsete, lisària,
Sventurato pu en eho pleo kalo.
Motti apukàu ’s ti ttàlassa t’afsària
Torite na ’rtu apanu ’s to nero,
Motti torite a sasso na kafnisi
Forse is varèsci k’ ehi na me ’gapisi.

IV

Ke guerna, strata; guerna su, cantuna;
Ke guerna, jetonia agapiti!
Ke àrteni guerna su, oria padruna,
Ti pleo es tuta meri e mme tori!

V

Dommu credeto emèna, agapiti,
Ti su telo kalo ma ti kardia;
Jati mu ’sone e agapi e protini,
Addin evo en agapisa kammia.
Afi na ’pune oli e kristiani:
« Afisti tui ke piakon’ addi mia, »
Ti tuto prama mi to mini mai,
Ti su me ferefse k’ efri k’ ekai.

PEINE D'AMOUR.

O étoiles, pleurez toutes sur moi,
Car celle que j'aimé a trouvé un autre esclave;
Pleurez sur moi, rochers;
Infortuné, je n'ai plus de bonheur.
Lorsque du fond de la mer les poissons
Vous verrez venir à la surface de l'eau,
Quand vous verrez fumer un roc,
Alors peut-être elle se repentira et m'aimera.

DOULOUREUX ADIEU.

Adieu, rue; adieu, canton;
Adieu, voisinage bien-aimé!
Adieu, à toi aussi, belle maîtresse,
Car dans ces lieux jamais plus tu ne me reverras!

MAL ET REMÈDE D'AMOUR.

Crois-moi, ô ma bien-aimée,
Je te veux du bien dans mon cœur;
Car tu as été mon premier amour,
Jamais je n'en ai aimé une autre.
Laisse-moi dire à tous les chrétiens:
« Abandonne celle-ci et prends-en une autre, »
Cette chose ne l'attends jamais,
Car tu m'as frappé et j'ai été brûlé d'amour.

Esu me ferefse k' e ssu vari ;
Utto soma mu en ehi pleo duria ;
Erchete o medeco na 'mena 'di,
Ke mu lei ti e hameni pa fatia.
E mmu dulei pleo to studiefti
Medechi na votisu ta hartia,
T' imone appunto san apesammeno,
Ke askio evo ene kanno ames 's to jeno.

Mali en e agapi pu evo su vasto ;
K' isela na min imo jennimeno,
Na min efsero agapi ghineko ;
K' isela afs' olo to jeno klammeno !
Eho hamena puru in amilia
Penseonta 's ti dikis su signuria ;
Sustinefti e ssozo pleon arto,
K' evo stesso damazo posse zo.

Tossin agapi ene pu su vasto,
Ti puru an ison' essu 's ti Turkia
Erkamo na me 'di ke na se 'do .
Iha tarafsi senza cumpagnia
Ma mia barchedda panu 's to nero ;
Erkamo na su 'do ton orio viso
Ti en ehi dè 'pau 's tin ghi dè 's paradiso.

Tossin agapin ene pu su ferno,
Sappu evo scandaglieo ke pu toro,
Ti erkamo, an iso eki 's to mavro anfierno,

Tu m'as frappé et tu ne t'en repens pas;
Mon corps n'a plus de repos;
Le médecin vient pour me voir,
Et me dit que c'est peine perdue.
Cela ne me sert plus à rien
Que les médecins feuillettent leurs livres,
Car je suis tout à fait comme un mort,
Et je ne fais plus d'ombre au milieu des vivants.

Grand est l'amour que je te porte;
Et je voudrais n'être pas né
Pour n'avoir point connu l'amour des femmes;
Et je voudrais être pleuré de tout le monde!
J'ai même perdu la parole
En pensant à toi, ô ma maîtresse;
Et je ne puis plus me tenir debout,
Et je m'étonne moi-même de vivre.

Si grand est l'amour que je te porte,
Que même si tu étais en Turquie
J'irais pour te voir et pour que tu me visses:
Oui, je serais parti sans compagnie,
Avec une petite barque sur l'eau,
Je serais allé voir ton beau visage
Qui n'a pas son pareil sur la terre et dans le ciel.

Si grand est l'amour que je te porte
Comme je l'observe et comme je le vois,
Que j'irais, si tu étais dans le noir enfer,

Erkamo 's ton anfierno na staso,
Na cuntentefso tin kardia 's esena,
Ti pai leonta ti evo e ss' agapo.

Pemmu, pemmu; tino eho agapimmena?
Ke tuti hari na mu kai o Teo
Tin armasia na kamo evo ma 'sena;
Tuto prama evo telo, maniho;
Na stasume cuttenti ma kardia
Ti e su 'sela de ruho, de prikia.

De ruho, de prikia evo su jureo,
Esena, esena telo manchi;
Na imesta fideli oli ke dio,
Ke to ruho na pai na kremasti.
Ke itus es tus capitulu firmeo :
De ruho, de prikia evo su jureo;
Ke itus es tus capitulu eho firmata :
De ruho, de prikia su 'ho jurata.

V I

Ane pesano, telo na me klafsi
Escapeddata mesa 's tin avli;
Ke sire ta maddia su afse madafsi,
Ke kumba mu ta panu 's ti fsihi.
Tosso me pernun' es tin aglisia,
Kolusa, agapi mu, se pragalo,
Ke bblefse na mu 'nafsu ta keria
Anu 's ton nima po'ho na hoso.

J'irais dans l'enfer me tenir près de toi,
Pour contenter ton cœur à toi,
Qui vas disant que je ne t'aime pas.

Dis-moi, dis-moi, qui ai-je aimé ?
Que Dieu me fasse la grâce
De me marier avec toi ;
Cette chose je la veux, moi seul ;
Afin que nous soyons heureux de cœur,
Je ne voudrais (de toi) ni trousseau ni dot.

Je ne te demande ni trousseau ni dot,
C'est toi, toi que je veux, toi seule ;
Soyons-nous fidèles tous les deux,
Et que le trousseau aille au diable (m. à m. se pendre).
C'est ainsi que j'arrête les articles (du contrat) :
Je ne demande ni trousseau ni dot ;
C'est ainsi que j'ai arrêté les articles (du contrat) :
Je ne t'ai demandé ni dot ni trousseau.

TESTAMENT D'AMOUR.

Si je meurs, je veux que tu me pleures,
Échevelée, au milieu de la cour ;
Arrache tes cheveux de soie,
Et dépose-les sur mon cœur.
Quand on me portera à l'église,
Suis-moi, ô mon amour, je t'en prie,
Et veille à ce qu'on allume les cierges
Sur la tombe où je dois être enseveli.

Ke poi 's to hrono pemmu mia lutria,
Ke poi 's tu dio kanena patrimo ;
Ke tin emera tos apesammeno,
'Mbiamu 'na suspiro kaümeno.
Tosso pu ola tua ta 'his janomena,
Nifse ton nima, k' emba eki ma 'mena.

VII

Dodeka hronu doppu apesammeno
Eho na 'rto na 'vo se nazitiso ;
K' erkome ampi 's tim porta su ke meno,
Ke tuzzeo ti e ssozo na miliso ;
Ke jati tuta hili ene milune,
Aska, t' irta utta steata na se 'dune.

VIII

Mian emera me fonas' e Furtuna
Ke mu 'pe : « Possa ta 'hi janomena ? »
Evo tis ipa : « Cara mu padruna,
Panu 's to marmaro ta 'ho grammena. »
Ke kini mu 'pe : « Paccio ke pacciuna !
Io kaddio grafsontada es tin arena,
Ispu panu 's to marmaro pingei
Posso pleon agapa pleon ampaccei. »

IX

O ilie mu, na mi pai ; mino na 'di
Poss' ène oria tuti pu agapo ;
O ilie mu, pu olo to kosmo pradi,
Oria secundu tui ide tino ?

Et après un an fais-moi dire une messe,
Et après deux ans quelques Pater Noster;
Et le jour des morts
Envoie-moi un soupir ardent.
Lorsque tu auras fait toutes ces choses,
Ouvre ma tombe et viens avec moi.

(Quand je serai) mort depuis douze ans,
Je viendrai te visiter;
Je viendrai derrière la porte et je m'arrêterai,
Et je frapperai, car je ne pourrai parler;
Et parce que mes lèvres ne parleront pas,
Lève-toi, ce seront mes os qui seront venus pour te voir.

CE QUE FAIT L'AMOUR.

Un jour la Fortune m'appela
Et elle me dit : « Quelles choses as-tu faites? »
Je lui dis : « Ma chère maîtresse,
Je les ai écrites sur le marbre. »
Et elle me dit : « Fou et grand fou!
Mieux eût valu les écrire sur le sable ;
Celui qui peint sur le marbre
Plus il aime et plus il devient fou. »

LES BEAUTÉS DE LA BIEN-AIMÉE.

O soleil! ne t'en va pas; arrête-toi pour voir
Combien est belle celle que j'aime!
O soleil, toi qui parcours le monde,
En as-tu vu une aussi jolie qu'elle?

Ke o ilio mu 'pe : Mu kanni antropi,
Jati tui e pleon oria to diplo —
En' o ilio, agapi mu, pu se flumizi,
Ke ambro 's tes adde san ilio ghializzi.

X

Posso mu fenese oria ke galanta,
Pu panta pai harumeni ghelonta!
Rodo mu azzippammeno apu ti chianta,
Puddi 's tim primaveran apetonta ;
A se kanononne deka hronu panta,
En ekordonna mai se kanononta.

XI

Vasta t' ammadia sa dio jelia,
Ke derlampizu ros 's tin Alemagna ;
A hili rodina plepp' e fodia,
Ke a kreata in aspra sa hioni muntagna ;
Su e tteli valmeni ma kammia,
Ti e fama su e ftameni ros 's ti Spagna ;
K' evo ponta epu pao voto ke leo :
Ti oria ise ke e ssozi este pleo.

XII

Irte o anemo ke so' pire o mantili,
K' emena mu efie ton askiadi ;
Esea su fani itt' orio cannaliri,
K' evo eblaosa aloharo itto vradi.

Et le soleil me dit : J'ai honte,
Parce qu'elle est, du double, plus belle que moi.
C'est le soleil, ô ma bien-aimée, qui t'enflamme.
Et parmi les autres (jeunes filles) tu brilles comme le soleil.

Que tu me sembles belle et galante,
Toi qui vas toujours souriante et gracieuse !
O ma rose, (rose) cultivée sur le rosier,
O oiseau qui vole au printemps,
Si je te regardais toujours pendant dix ans,
Je ne me rassasierais jamais de te contempler.

Tu portes les yeux comme deux miroirs,
Et ils brillent jusqu'en Allemagne ;
Tes lèvres sont plus rouges que le feu,
Et tes chairs sont blanches comme la neige des montagnes.
Tu ne peux être comparée à aucune autre,
Car ta renommée est allée jusqu'en Espagne.
Et moi, partout où je vais, je me tourne et je dis :
Que tu es belle et que tu ne peux être plus belle.

Le vent vint et enleva ton fichu
Et à moi, il m'enleva mon chapeau ;
A toi, il découvrit ta belle gorge,
Et je m'endormis content ce soir-là.

XIII

Kardian en eho; senza, e ssozo zisi;
Pos eho na ziso senz' ehi kardia?
K' ikusa ti ehi mia na mu danisi,
Danumi ti, a mmu teli tin aia;
A tteli tin aia ke to kalom mu,
Na ziso a tteli, tin kardia su dommu!

XIV

O porta, o porta, pu ja 'mena klini,
Ke o porta pu ja 'mena estei klimmeni,
Jati, o porta, tim padruna klini,
Pu teli scuperata ke 'domeni?

Porta, pu ise oli afs' asimi,
Ke puru afse hrusafi jenomeni,
Anifso, porta, se parakalo,
Anifso, t' i padruna su eho na 'do.

XV

Su motti me tori m' ehi 's ten nu,
Ke motti e mme tori me limona;
'Sena e kardia su e ma tus addu,
Estei ma kino pu su stei sima.

Evo, ftehuddi! en ime mai ettu:
Ma pos to lei ti panta m' agapa?
« E agapi e sa tton ilio jennimeni,
O ilio kio pu tori kino termeni. »

INVITATION A AIMER.

Je n'ai pas de cœur; sans (cœur) je ne puis vivre;
Comment puis-je vivre sans avoir de cœur?
J'ai entendu que tu en avais un à me prêter,
Donne-le-moi si tu me veux la vie;
Si tu veux ma vie et mon bonheur,
Si tu veux que je vive donne-moi ton cœur!

DÉSIRS AMOUREUX.

O porte, ô porte qui pour moi es close,
O porte qui pour moi restes fermée;
Pourquoi, ô porte, renfermes-tu la maîtresse
Qui veut être découverte et vue?

Porte, qui es toute d'argent,
Et qui es aussi faite d'or,
Ouvre-toi, porte, je t'en prie,
Ouvre-toi, que je voie ta maîtresse.

LOIN DES YEUX LOIN DU CŒUR.

Lorsque tu me vois, tu m'as dans ton cœur ;
Et quand tu ne me vois plus tu m'oublies;
Ton cœur est avec d'autres,
Il se tient avec celui qui est ton voisin.

Moi, infortuné, je ne suis jamais là :
Mais comment dis-tu que toujours tu m'aimes?
« L'amour est fait comme le soleil,
Le soleil, celui qu'il voit c'est celui-là qu'il réchauffe. »

XVI

Mesa 's ti ttalassa ehi a puddi
Ke kanona t' afsari pu mbarchei ;
To checci panta o finni na diavi,
To mëa e tto pianni ti e ttu fei ;
Iü mu kanni esu, agapiti,
Dè plusio, dè aftoho e ssu piacei ;
Na mi ti piachi tossi malin gloria,
Ti en ise plusia, manca poddin oria.

XVII

Asca, kafcedda mu, na parefti,
Ti afsemeronni i kiuriaki porno,
Ke vale tin gunnedda tin kali
Ke to mantili su matafsodo ;
Amone ke affaccieftu is to jali,
Ke 'de a telis aspro o rotino :
A teli rotino, dela is emena,
Ti iscizo ti kardia ke dio su jema.

XVIII

Oh posson ehi t' ivo s' akapo !
Malin acapi so 'ho vastommena !
Sa rodon is to petto se vasto,
Ke o pensieri mu panta istei 's esena ;
Iftazi pu lustrei 's to skotino
Satt' o fengo, mott' ehi skotignammena ;
Eho na ziso na 'do an ehi kardia
Me ton addo na pai 's tin aglisia.

A UNE DÉDAIGNEUSE.

Au milieu de la mer il y a un oiseau,
Et il regarde le poisson qui passe;
Le petit, toujours il le laisse passer,
Le gros, il ne le prend pas, car il s'échappe;
Ainsi me fais-tu, ô mon amoureuse,
Ni riche, ni pauvre ne te plaît;
Ne fais pas tant l'orgueilleuse,
Car tu n'es pas riche et tu n'es déjà pas si belle.

Lève-toi, mon enfant, pour t'habiller,
Car c'est aujourd'hui dimanche matin;
Et mets ta robe, ta belle (robe),
Et ton fichu de soie;
Va te regarder dans le miroir,
Et vois si tu veux du blanc ou du rouge:
Si tu veux du rouge, viens à moi,
Car je vais déchirer mon cœur et te donner du sang.

AMOUR JALOUX.

Oh! comme il y a longtemps que je t'aime!
Qu'il est grand l'amour que je t'ai porté!
Comme une rose dans mon cœur je te porte,
Et ma pensée reste toujours fixée sur toi.
Et (pour moi) tu arrives à briller dans les ténèbres
Comme la lune, lorsqu'il fait nuit.
Je dois vivre pour voir si tu auras le cœur
D'aller avec un autre à l'église.

XIX

Ehi mea kero ti esena meno
Na 'ho 'na lazzo afse tuta maddia,
N' o vastafso 's ta heria mu demeno,
Motti o toro na piako aloharia ;
A tto gheno na ime arodimmeno :
« 'Fse pei kafcedda ine tuta moddia ? »
— 'Fse mia kafcedda pu e tiranna sgrata,
Pu mo 'hi tin kardia 'ncatinata. —

XX

'Càpiso, acàpiso a teli n' acapisi,
Mia hiateredda 'fs' ikosi hrono :
An ehi ikosi pente, m' i ttelisi,
Pesti ti e diavimmeno to kero.
A teli piaki o rodo na mirisi,
Sire to mott' en' imis' anifto.

XXI

Su mo' dese m'a modo ti kardia,
Ti ros ti ziso panta pao demeno,
Me ena lazzon a ti ferratia
Ke olo afse metallo jenomeno ;
Iso oli karvuna ke oli fodia,
K' irta na 'nghiso isea na pao kammeno !
Ke mali piàga iperno is ti kardia,
Ja 't' agapi oli leune ti peseno.

LA MÈCHE DE CHEVEUX.

Il y a longtemps que je t'attends,
Pour avoir une mèche de tes cheveux,
Afin que je la porte liée à mes mains,
Et qu'en la voyant j'en prenne joie;
(Et) pour que les gens me demandent:
« De quelle jeune fille sont ces cheveux? »
— D'une jeune fille cruelle et ingrate
Qui tient mon cœur enchaîné. —

CONSEIL AUX AMANTS.

Aime, aime, si tu veux aimer,
Une fillette de vingt ans:
Si elle en a vingt-cinq, laisse-la,
Et dis-lui que le temps est passé.
Si tu veux prendre une rose qui sente bon,
Cueille-la lorsqu'elle est à moitié éclose.

PEINE D'AMOUR.

Tu m'as lié le cœur d'une telle façon
Que, tant que je vivrai, je marcherai lié
Avec une chaîne de fer
Et toute faite de métal;
Tu étais tout charbon et tout feu,
Et je me suis approché de toi pour me brûler!
Et je porte une grande plaie dans mon cœur,
Et tous disent que je meurs d'amour.

XXII

Oria mu fani 's tin addin imera,
Pleon oria simberi, pippara mai;
Oria tin kiuriaki ke tin deftera,
Ke ja ti tin pleon oria pai,
Ke i tetradi panta is mia manera,
Ti pefti rodo pu fiurci tom Maï;
Oria to samba ke i parassoghi,
Ke pleon oria mu pai tin kiuriaki.

XXIII

De tim marioleria tos ghineko,
Na kombosu to fsiddo sventurato;
Kie kaleguu ti hera is to plegro
Satti to sirnu, to guaddu scucciato.
Itela psiddo na su' mone ivo,
Ti panta su 'stika i kitto costato;
Su kalegui ti hera na me piaki
K' ivo krivinnome akatu 's to madi.

XXIV

Na to ilio, na to fengo, na t' asteri!
Na kini pu me kanni n' apetano!
Na kini pu mu dinni to maheri
Na fio me kanni k' e ssozo na tramo.

BEAUTÉ DE LA BIEN-AIMÉE.

Belle tu m'apparus l'autre jour,
Plus belle aujourd'hui, plus belle que jamais;
Belle le dimanche et le lundi,
Et le mardi plus belle encore,
Et le mercredi toujours de la même façon,
Et le jeudi tu es une rose qui fleurit en mai;
Tu es belle le samedi et le vendredi,
Et le dimanche tu marches plus belle encore.

AMOUREUX DÉSIR.

Vois la ruse des femmes
Pour attraper la puce infortunée;
Elles se glissent la main sur le flanc,
(Et) quand elles retirent (la bête), elles la retirent écrasée.
Je voudrais être la puce
Pour me tenir toujours sur ton sein,
Quand tu baisserais la main pour me prendre,
Je me cacherais sous ta chemise.

PEINE D'AMOUR.

Voilà le soleil, voilà la lune, voilà l'étoile!
Voilà celle qui me fait mourir!
Voilà celle qui me donne le (coup de) poignard,
(Celle) qui me fait fuir, et je ne puis courir.

XXV

Akau 's to limbitari pu katizi
O nima eho na kamo na hodo ;
Satti diavenni na me nominatisi,
Ke, satti anifti i porta to porno,
Na 'pi : « Ti tuso topò mu mirizi !
Oimena ! tin agapi mu ipato ! »
K' ivo su respundeo, 'vo pedammeno :
« Patiso ferma, ti cuttento meno. »

TESTAMENT DE L'AMANT A SA BIEN-AIMÉE.

Sous le seuil où tu t'assieds
Je veux faire la tombe où je serai enseveli ;
Afin que tu m'appelles quand tu passes,
Et, quand tu ouvres la porte le matin,
Que tu me dises : « Comme ce lieu sent bon !
Hélas ! je foule aux pieds mon amour ! »
Et moi je te répondrai, moi le mort :
« Foule avec force, pour que je sois content. »

MOROLOJA

CHANTS FUNÈBRES

MOROLOJA

I MANA PRAKALONTA TO TANATO.

Ke se prakalo, Tanate,
Ke se prakalo poddi ;
Ane di kitto pedaki mu,
Ariso mu to apu 'ki ,
Na 'hi na 'rti 's tuti mana tu,
Pu is e ghiastiko poddi !

I HIATERA 'S TI MANA APESAMMENI.

Ke ipu pai tusi manedda mu ?
Is horia poddi magra,
Pai na vrichi pateru ke moneku
Ke a keria to t' anafta.

Aimmena ! aimmena ! mana mu,
Is to petto ti anoo ?
'Na maheri pu me ferefse
'Na trapani kottero.

CHANTS FUNÈBRES

INVOCATION D'UNE MÈRE A LA MORT.

Je te prie, ô Mort,
Je te prie beaucoup
Si tu vois mon petit enfant,
De me l'envoyer de là-bas.
Qu'il vienne (retrouver) sa mère;
Il lui est tant utile !

LA FILLE A SA MÈRE MORTE.

Et où vas-tu donc, petite maman ?
— Dans des pays bien éloignés
Elle va trouver des prêtres et des moines,
Et leurs cierges allumés.

Hélas ! hélas ! ma mère,
Dans mon cœur qu'est-ce que je sens ?
Un poignard m'a frappée,
Une faulx tranchante.

I HIATEREDDA I APESAMMENI.

Iha na diavo ke diavika,
Diavik' a ttin aglisia ;
E pateri estea k' endinnatto
Na tin pune ti lutria.

Iha na diavo ke diavika,
Diavik' a ttin àglisia ;
Posson ghenos ibbie k' jurize,
Na tis nafsi ta keria !

Esu ponta mu to, checcia mu,
Ti su istiche na tarafsi ;
'Na kanistri evo su ekanna
Motti eftazi na su dafsi.

Tis su dafsi ta ruhakia su
Motti embenni e kiuriaki ?
— Tispu afs' olu pu ettu imesta ;
Evo meno manehi.

Sto kofini a ttuti checcia mu,
Prevan aspra ta prikia ;
Aftohedda ! embiche o tanato
Ke tis eftiase ta keria.

POUR LA MORT D'UNE JEUNE FILLE.

J'avais à passer et je suis passé,
Je suis passé par l'église ;
Les moines étaient à s'habiller
Pour dire la messe.

J'avais à passer et je suis passé,
Je suis passé par l'église ;
Que de gens allaient et venaient
Pour allumer les cierges !

Pourquoi ne pas m'avoir dit, ô chère petite,
Que tu allais partir ?
Je t'aurais préparé une corbeille (pleine de robes),
Pour te changer à ton arrivée.

Qui te changera tes petites robes
Quand viendra le dimanche ?
— Personne parmi tous ceux qui sont ici ;
Je resterai toute seule. —

Dans la corbeille de cette chère petite
Étaient déja les blancs présents de noces ;
Pauvrette ! la mort est venue
Et lui a préparé des cierges !

Sto kofini a ttuti checcia mu
Prevan' aspra e kuddurite;
Aftohedda! embiche o tanato
Ke tis eftiase tes kandile.

Klafsete, klafsete, ke oli kleome
Tuti mana scunsulata;
Arte pu 'de to pedaki ti
Eki kau 's ti mavri plaka.

Klafsete, klafsete, ke oli kleome
Tuti mana pleo poddi;
Arte pesane o pedaki ti
Ke is zippasti e fsihi.

Arte pu se hosa, checcia mu,
Tis su stronni o krovattaki?
— Mu to stronni o mavro tanato
Ja mia nifta poddi mali.

Tis su 'ftiazi a capetalia
Na ('h)i n' aplosi trifera?
— Mu ta 'ftiazi o mavro tanato
M' a lisaria ta fsera.

Ehi na me klafsi, checcia mu,
Ehi na me nomatisi;
'S t' abbesogna su esu m' isele
Tu 's to petto mu na kumbisi.

Dans la corbeille de cette chère enfant
Etaient déjà les blancs gâteaux (de noces) ;
Pauvrette! la mort est venue
Et lui a préparé les flambeaux funèbres. .

Pleurez, pleurez, et pleurons tous (sur)
Cette mère, inconsolable
De voir que sa charmante fillette
Est là-bas (couchée) sous une sombre pierre.

Pleurez, pleurez, et pleurons tous,
(Pleurons) sur cette (pauvre) mère ;
Maintenant que sa petite fille est morte
(Il semble) qu'on lui a arraché l'âme.

Maintenant qu'on t'a enterrée, ô me petite !
Qui te fera ton petit lit?
— La noire mort me le fera
Pour une nuit (qui sera) bien longue. —

Qui t'arrangera tes oreillers
Pour que tu dormes doucement ?
— La noire mort me les arrangera
Avec des pierres (bien) dures. —

Tu dois me pleurer, chère petite,
Et tu dois m'appeler (par mon nom) !
Dans tes besoins tu ne voulais que moi,
Tu te plaisais à dormir sur ma poitrine.

Hiateredda mu, hiateredda mu,
Tosson oria jenomeni !
Ti kardia pu kanni e mana su
Na se di apesammeni ?

Tis esea fsunna, hiatera mu,
Motti e emera en afsili ?
— Ettu kau e pant' an ipuno,
Panta nïfta skotini. —

T' ïan' oria tui hiatera mu,
Motti mu 'bbie 's ti cantata ;
Spiandurizane e colonne,
Ke derlampize oli e strata.

Ke mino me, mana mu, mino me ;
Mino me ros es tes pente,
Motti tori ti en erkome,
Do' mmira 's tes parente.

Ke mino me, mana mu, mino me ;
Mino me ros 's tes efta,
Motti tori ti en erkome
(Mi) 'ffaecieftu pleo maga.

Ke mino me, mana mu, mino me ;
Mino me ros 's tes saranta,
Motti tori ti en erkome,
Na min ehi pleo speranza.

O ma fillette, ma fillette,
Toi qui as été si belle !
Comment ta mère pourra-t-elle supporter
De te voir morte?

Qui t'éveillera, ma fille,
Quand le jour sera haut (avancé)?
— Là-dessous c'est toujours le sommeil,
Toujours la nuit ténébreuse.

Elle était bien belle, ma fille,
Quand elle allait à la messe haute;
(Sa beauté faisait) resplendir les colonnes,
Et briller le chemin tout entier.

Attends-moi, ma mère, attends-moi;
Attends-moi jusqu'à cinq heures;
Quand tu verras que je ne viens pas,
Fais des parts (de ton bien) à nos parents.

Attends-moi, ma mère, attends-moi;
Attends-moi jusqu'à sept heures;
Quand tu verras que je ne viens pas,
Cesse tout à fait de regarder.

Attends-moi, ma mère, attends-moi;
Attends-moi quarante heures,
Quand tu verras que je ne viens pas,
N'aie plus d'espérance.

Evo se pragalo, mana mu,
Na min eguis eki 'mbro;
Ti tori ole tes ise mu,
K' evo steo 's to skotino.

Evo se pragalo, mana mu,
Na mi pai es ti cantata;
Ti tori ole tes ise mu,
'Vo steo aka 's ti mavri plaka.

E hiatera mu 'rte 's ipuno
Spassieonta es tin avli;
Lamentefti apu tim mana ti
Ti en effacciefse n' in di.

E hiatera mu 'rte 's ipuno
Spassieonta me 's ti strata;
Lamentefti apu tim mana ti
Ti en effacciefse magata.

Na mi kami, hiateredda mu,
Na mi kai na mi jurisi;
Ehi na 'rti es tuti mana su,
Tosso na tin nazitisi.

Na mi kami, hiateredda mu,
Na mi kai na mi jurisi;
Ehi na 'rti es tuti mana su,
Tosso na tin heretisi.

Je te prie, ma mère,
De ne pas sortir hors (de la maison),
Parce que tu verrais toutes mes compagnes,
Et moi je suis dans les ténèbres.

Je te prie, ma mère,
De ne pas aller à la messe haute;
Parce que tu y verrais toutes mes compagnes,
Et moi je suis dans le sombre tombeau.

J'ai vu en songe ma fille
Se promener dans la cour;
Elle se lamentait de ce que sa mère
Ne s'était pas dérangée pour la voir.

J'ai vu en songe ma fille
Se promener au milieu de la rue;
Elle se lamentait de ce que sa mère
Ne l'avait pas du tout regardée.

Tâche, ma fille chérie,
Tâche de retourner;
Tu dois venir chez ta mère,
Seulement pour la visiter.

Tâche, ma fille chérie,
Tâche de retourner;
Tu dois revenir chez ta mère,
Ne serait-ce que pour la saluer !

TO PEDAKI TO APESAMMENO.

Ivo itela fsero, pedaki mu,
Me tino kanni i misciamera.
— ’Tu ’vo ivrika ton kiuri mu
Ke m’ azziccose a tti hera.

Ke poss’ addi ittu ’vo ivrika !
K’ isa mali i cumpagnia ;
Ke arodisan’ oli apo ’ssuto,
Ke e mane a tta pedia.

’Vo se meno, ivo, pedaki mu,
’Vo se meno ros ’s tes tri ;
Mott’ ivo toro t’ en erchese,
Voto o kipo ke in avli.

’Vo se meno, ivo, pedaki mu,
’Vo se meno ros ’s tes pente ;
Mott’ ivo toro t’ en erchese,
Voto ole tes parente.

’Vo se meno, evo, pedaki mu,
’Vo se meno ros ’s tes ennea ;
Mott’ ivo toro t’ en erchese,
Imavrizo sa kannea.

’Vo se meno, ivo, pedaki mu,
’Vo se meno ros ’s tes saranta,
Mott’ ivo toro t’ en erchese,
Ivo hanno pa speranza.

SUR LA MORT D'UN ENFANT.

(Dialogue entre la mère vivante et l'enfant mort.)

Je voudrais savoir, mon fils,
Avec qui tu passes la journée.
— Ici j'ai trouvé mon père
Et il m'a pris par la main.

Et combien d'autres encore y ai-je trouvés!
Elle était nombreuse la compagnie :
Tous m'ont demandé (des nouvelles) de chez eux,
Les mères (se sont informées) de leurs enfants.—

Je t'attendrai, ô mon fils,
Je t'attendrai jusqu'à trois heures ;
Quand je verrai que tu ne viens pas,
Je tournerai en tous sens le jardin et la cour.

Je t'attendrai, ô mon fils,
Je t'attendrai jusqu'à cinq heures ;
Quand je verrai que tu ne viens pas,
Je mettrai sens dessus dessous tous (nos) parents.

Je t'attendrai, ô mon fils,
Je t'attendrai jusqu'à neuf heures ;
Quand je verrai que tu ne viens pas,
Je deviendrai noire comme la suie.

Je t'attendrai, ô mon fils,
Je t'attendrai jusqu'à la quarantième heure ;
Quand je verrai que tu ne viens pas,
Je perdrai toute espérance.

Ivo se meno, ivo, pedaki mu,
'Vo se meno ros 's to hrono ;
Mott' ivo toro t' en erchese,
'Vo pesenno ja o mea pono.

O GIOVANO APESAMMENO.

Ihe essu mu enan argulo,
Ampi 's to kipo mu chiantato ;
Secundo e stasciune pu erkutto
Panta ercheto jomato.

K' ihe essu mu enan argulo,
Ampi 's ti porta fidommeno ;
Afseputte su ibbie k' ercheso,
Panta o itori fortommeno.

Ma irte an anemo ke mu to 'pire,
K' isa o kaddio tu jardino,
Ke i hera mu ton espire ;
'S tuto kosmo ti eho na mino ?

T' isan orio tuso giovano
Mes 's ti strada motti iprati
Ke 's tin aglisia mott' embenne
Kio tin ekanne jomati !

O vasceddi mu, vasceddi mu,
O vasceddi mu kalo ;
Afseputten ibbie k' ercheso,
Panta mo 'ferne kalo.

Je t'attendrai, ô mon fils,
Je t'attendrai un an (entier);
Quand je verrai que tu ne viens pas,
Je mourrai de ma grande douleur.

POUR LA MORT D'UN JEUNE HOMME.

Il y avait chez moi un arbre
Planté dans le jardin;
Selon les saisons qui venaient,
Il était toujours chargé (de fruits).

J'avais chez moi un arbre
Planté à ma porte;
De quelque côté que l'on se tournât,
Toujours on le voyait chargé (de fruits).

Mais un vent est venu qui me l'a emporté,
Et c'était le meilleur de mon jardin;
Je l'avais semé de ma propre main;
Dans ce monde à quoi bon rester (désormais)?

Qu'il était beau ce jeune homme
Quand il marchait au milieu de la rue!
Et lorsqu'il entrait dans l'église
Il la remplissait (de sa beauté).

O mon navire, mon navire,
O mon bon navire;
N'importe d'où tu venais,
Tu m'apportais toujours (quelque chose) de bon.

MYRIOLOGUE

SUR LE TOMBEAU DU CHRIST.

Tis klei, tis klei 's ton nima
Pu klinni to Kristo?
O Kiuri olos apesanne
M' a heria is to stavro.

O ilio ampi 's to fengo
Ivarti na min 'di,
Ke o misimeri nifta
Ejetti anu 's tin ghi.

O kosmo olo tremassi
Jai o pono pu noa,
Ke i talassa mughiazi
Ke isiutte ta nera.

Iscisti is dïo meri
Tis iglisia o panni
Sappu ti ele : « Klafsete,
Ti olos olos poni. »

Pleo e kui na travudisu
Puddia jai o kero,
Pu ikanni tosson ascimo
Jai àpesano o Kristo.

MYRIOLOGUE

SUR LE TOMBEAU DU CHRIST.

Qui pleure, qui pleure sur la tombe
Qui renferme le Christ?
Le Seigneur de tous est mort
Avec les mains sur la croix.

Le soleil derrière la lune
Se cacha pour ne pas voir,
Et à midi la nuit
Se répandit sur la terre.

Le monde entier tremble
De la douleur qu'il ressent,
Et la mer mugit,
Et les ondes sont agitées.

En deux parties se déchira
Le voile du temple,
Comme s'il disait : « Pleurez,
Car tous, tous sont dans la douleur. »

On n'entend plus chanter
Les oiseaux par ce temps;
S'il fait si vilain,
C'est que le Christ est mort.

Ke mancu a proata o ligo
Jai fon ikanoni
Ke kina pleon en ehune
De horta de mandri.

Iguika ola t' afsaria
Apo 'fsu a tto nero,
Ke oli ileu : « Tu kosmu
Irte o katalimo. »

K' i iglisia mas difti
To pono pu noa
Me i pissa pu simeni,
M' artaria pu i junna.

Ke oli i pateri ikannune
Ti lipi m' i foni,
Ke : « Klafsete, mas leune,
To Kiuri, kristiani. »

Ke i kristiani e kleune
'S ton nima tu Kristu ?
Aderfia mu, delate,
Na klafsom' oli itu.

Jai 'n amartia ma 'pesane
Varmeno is to stavro,
Imi kini ti kamamo
Pu offendefse o Teo.

Et les brebis, le loup
De crainte ne les regarde même pas,
Et celles-ci n'ont plus
Ni herbe ni bercail.

Tous les poissons sont sortis
Hors de l'eau,
Et tout le monde dit : « De l'univers
La dissolution est venue. »

Et l'Eglise nous montre
La douleur qu'elle ressent
Avec le ciboire qui sonne (parce qu'il est vide),
Avec les autels qui sont nus.

Et tous les prêtres font
Le deuil avec leur voix,
Et : « Pleurez, nous disent-ils,
Le Seigneur, ô chrétiens.

Et les chrétiens ne pleurent-ils pas
Sur le tombeau du Christ ?
Mes frères, venez
Pour que nous pleurions tous ici.

Pour notre péché il est mort
Étendu sur la croix ;
Nous avons fait ce
Qui a offensé Dieu.

Ke i mana i ponemeni
Pu stei ke kanoni
Is to stavro pu apesane
To acapito pedi !

Sappu ti mas fonazi
Ke ilei : « Delat' ittu,
Delate ke jurefsete
Fsihori tu Teu ! »

Fsihorisi, fsihorisi
Jureome, kristiani,
Kino mi kaome pleo
Pu kamamo arte ampi.

To klafsi ke to pono
Teli o Kristo 'fs' ema ;
Ke a panta ikaome itu,
Mas di 'n eternita.

Et la mère de douleurs
Qui se tient debout et regarde
Sur la croix où est mort
Son bien-aimé fils !

Comme si elle nous appelait
Et nous disait : « Venez ici,
Venez et demandez
Pardon à Dieu ! »

Pardon, pardon !
Demandons (pardon), chrétiens,
Ne faisons plus ce
Que nous fîmes par le passé.

Les larmes et la douleur
(Voilà ce que) le Christ veut de nous ;
Et si nous faisons toujours ainsi,
Il nous donnera l'éternité.

DIMOTIKA PARAMYTHIA

CONTES POPULAIRES

DIMOTIKA PARAMYTHIA

I

Mia fora ihe mia ghineka, pu panta epragali to Teo na o ria
stasi kalo. Kai antropi ipane 's to ria tuto prama; ke o ria tin
efonase ke ti rotise jati epragali tosso ja safto. Ke kini ipe : —
Evo pragalo to Teo na minis io panta, jati esu mas escorcefse ;
ke, a pesenni esu, erchete an addo pu ehi na kortosi tim pina tu.

II

1 FURMIKA KE O PONDIKO.

Ihe mia fora mia furmica, ke mian emera, motti eskupize essu
ti, ivriche tris caddu, ke afsignase na pi : « Ti vorazo? Ti vorazo?
Vorazo krea? De, ti o krea ehi ta steata, k' evo anfukonnome.
Vorazo afsari? De, ti ehi agattia ke me pizzizune. » — Dopo
pu ipe adda podda pramata, epensefse na vorasi mia zaccaredda
rotini. Parefti ke andeviche apanu es mia fenestredda ti. Vresi
diavennonta a vudi k' ipe : « T' ises oria ! me teli ja andra su ? »
Ke kini : « Travudiso, na do pos ene i foni su. » Ke kio ma

CONTES POPULAIRES

I

LA FEMME QUI PRIE POUR LE ROI.

Il y avait une fois une femme qui ne cessait de prier Dieu pour que le roi fût en bonne santé. Certaines gens racontèrent cette chose au roi, et le roi appela la femme, et lui demanda pourquoi elle priait tant pour lui. Et celle-ci lui dit : Je prie Dieu de te laisser toujours vivre, parce que tu nous as écorchés ; et, si tu meurs, il en viendra un autre qui a, lui aussi, sa faim à rassasier.

II

LA FOURMI ET LE MULOT.

Il était une fois une fourmi, et un jour, tandis qu'elle balayait sa maison, elle trouva trois pièces de monnaie, et elle se mit à dire : Que vais-je acheter ? que vais-je acheter ? De la viande ? non, car la viande a des os et je m'étoufferais. Du poisson ? non, car le poisson a des arêtes, et cela me piquerait. — Et après qu'elle eut dit beaucoup d'autres choses, elle pensa à acheter un ruban rouge. Elle s'en fit une parure et se mit à sa fenêtre. Il passa par hasard un bœuf qui lui dit : Comme tu es belle ! me veux-tu pour ton mari ? Et elle lui répondit :

malin gloria eguale tin foni tu ; k' e furmica, motti ton ikuse, tu
pe : « De, de ; su me kanni na foristo.

Ediaviche a 'skiddo ke puru endese kio pu endese o vudi. Ke
dopu pu diavikane adda animalia, ediaviche a pondikuddi k' ipe :
« T' ises oria! me teli ja andra su ? » Ke kini : « Kame n' akuso
to travudisi su. » Kio travudise, k' ekame *pi pi pi*. Tuti foni
epiacefse 's ti furmica, ke telise to pondikuddi ja andra ti.

Irt' e kiuriaki, ke motti e furmica istiche m' es adde file, ipe
o pondiko : « Furmichedda mu, evo pao na do an en gheno-
meno o krea pu su evale 's ti lumera. » K' epirte ; ke motti ikuse
to krea na mirisi, telise na piachi a spiri afse tuto, ke kateviche
a poda k' ekai , kateviche ton addo ke puru ekai ; kateviche tom
muso, ke o kafno ton esire 's to zukkali, ke o pontiko ftehuddi
olo ekai. — E furmica arteni ton emene na fane ; mino dio,
mino tris ore, o pondiko en erkato. Ke motti en isosane pleo
mini, eftiasane na fane. Ma motti egualane to krea, egualane to
pondiko apesammeno. Ke motti ton ide e furmica ancignafse
na klafsi ke ole e file ti eglafsane ; k' e furmica emine hira, jati
tis ene pondiko nghizi na ene cannaruto. And e pistefsete, pate
essu ti ke ti torite.

III

TRIANNISCIA ET SES DEUX FRÈRES.

Mia fora ihe a ciuri ce mia mana. Irte o tanato, c' epire im
mana c' efiche o ciuri ma tria pedia. Itta tria pedia, ena igue
Pati, o addos Antonai ce o addos Trianniscia, jati iane fiaccu-
lido. Epese adinato o ciuri, c' efonase to pedi to mea ce puru
ton Antonai, c' ipe : Delate, pedagia mu, ti eho na sas eftiaso.

Chante, que je voie comment est ta voix. — Et le bœuf, plein de fierté, se mit à beugler. Et la fourmi, quand elle l'eut entendu, lui dit : Non, non, tu me fais peur.

Il passa un chien et il lui arriva ce qui était arrivé au bœuf. Et après que d'autres animaux furent passés, il vint un mulot et il dit : Comme tu es belle ! me veux-tu pour mari ? Et elle lui répondit : Fais-moi entendre comment tu chantes. Le mulot chanta et fit pi, pi, pi. Sa voix plut à la fourmi et elle accepta le mulot pour mari.

Le dimanche arriva, et tandis que la fourmi était avec ses amies, le mulot lui dit : Ma petite fourmi, je vais voir si la viande que tu as mise au feu est cuite. Il y alla, et sentant le parfum de la viande, il voulut en prendre un morceau ; il y mit une patte et se brûla, il y mit l'autre et se brûla aussi ; il y mit le museau et l'odeur l'entraîna au fond de la marmite, et le pauvre mulot fut brûlé tout entier. — La fourmi l'attendait pour manger ; elle attend deux heures, trois heures ; le mulot ne venait pas. Quand elles ne purent plus attendre, elles se disposèrent à manger ; mais quand elles tirèrent la viande dehors, elles trouvèrent le mulot mort. Et quand la fourmi le vit, elle se mit à pleurer et toutes ses amies en firent autant ; et la fourmi resta veuve, parce que qui est mulot doit nécessairement être gourmand. Si vous ne le croyez pas, allez chez elle, et vous la verrez.

III

TRIANNISCIA ET SES DEUX FRÈRES.

Une fois il y avait un père et une mère. La mort vint qui emporta la mère et laissa le père avec trois enfants. Ces trois enfants s'appelaient, l'un Ipazio, l'autre Antonuccio, et le troisième Trianniscia, car il était un peu sot. Le père tomba malade ; il appela son fils aîné et Antonuccio et il leur dit : Venez, mes enfants, je dois vous arranger

Evo eho dio vuja ce mian aghelata ; to zuguari to kalo sas to dio esa, ce tin aghelata tin fiacca dogheteti 's to Trianniscia.

Epesane o ciuri, ce cini eminane ma to zuguari to kalo, ce o Trianniscia ma tin aghelata tin fiacca. Ce ti ekame o Trianniscia ? Epiache c' escorcefse tin aghelata c' embelise to derma apanu 's a pirasso. Efristi kala kala, ce on edesem' a sfilazzo 's to soma tu c' ibbie pratonta c' ekanne o tamburrieri. Eftase 's a kanali, pu steane ce merazane e ladri podda turniscia. Cini kusane to tamburri e' ipane : Finnome ta turniscia ti erkutt' e carbunnieri ce mas pernune 's tin carcera. Ce o Trianniscia ta epiache ce jurise essu tu e' edifse ta turniscia 's t' adreffia tu. Ce t' adreffia tu tu 'pane : Capos ekame, adreffaci ma ? Ce cino ipe : Escorcefsa tin aghelata mu, c' efrifsa to derma ce tom pulisa. Evotisane t'adreffia c' ipane : Kannome puru emi sappu ekame tuo ? Esfafsane ta vuja c' embelisane to derma 's a pirasso, ce to frifsane ce to piakane c' epirtane pratonta c' ibbia kannonta : Tis teli dermata es agato ducau to maddi ? es agato ducau to maddi ? Irtan e carbunnieri ce tus epiakane, ce tus ecarcerefsane. Ce motti eguikane tela na sfafsu ton aderfo to.

Ce tuo epiache 'na kofini c' epirte 's a horio, 's a cantinieri ce to 'fiche to kofini c' ipe : Na mi mu to 'nghisane ; ti evo eho na pao na kuso lutria. Ce motti ejurise en ivriche to kofini, jati e servi tu cantinieru ton ihane pironta na valu skada ec' essu ; c' epiache na kami loja. Ce o cantinieri tu 'pe : Mi mmiliso pleo ti eho agato ducau ce su ta dio. Cio motti ihe ta turniscia epiache strada c' epirte apu 'ci.

Ce mapale tî ekame ? Ekrivisti 's tin aglisia, essu 's a confessiunari. Estea ce honnane mia signura ; ce cio emine tin nifta, c' enifse ton mina, in eguale, in efortose 's ton nomo, c' in eguale a ttin aglisia. Ivrich' enan ampari, to 'vale enan ambasto, evale ensemble. Je possède deux bœufs et une vache ; le bon couple (de bœufs) je vous le donne ; et la vache maigre donnez-la à Trianniscia.

Le père mourut, et les aînés restèrent avec le couple de bœufs, et Trianniscia avec la vache maigre. Et que fit Trianniscia? Il prit la vache, l'écorcha et en étendit la peau sur un poirier sauvage. La peau devint très-sèche ; alors il se la lia avec une corde autour du corps, puis s'en alla frappant dessus comme sur un tambour. — Il arriva à un canal, près duquel des voleurs étaient en train de se partager de l'argent. Ceux-ci, en entendant le tambour, se dirent : Laissons l'argent, voilà venir les gendarmes qui vont nous conduire en prison. Et Trianniscia prit l'argent, s'en retourna chez lui et le montra à ses frères. Et ses frères lui dirent : Comment t'y es-tu pris, cher frère? Et il leur dit : J'ai écorché ma vache, j'en ai fait sécher la peau et je l'ai vendue. Ses deux frères s'en allèrent en disant : Faisons aussi comme lui, nous autres. Ils tuèrent leurs bœufs, en étendirent les peaux sur un poirier sauvage, les firent sécher, les prirent, et s'en allaient disant : Qui veut des peaux à cent ducats la peau? Cent ducats la peau ! Les gendarmes vinrent et les empoignèrent. Et quand ils sortirent (de prison) ils voulaient tuer leur frère.

(Trianniscia) prit une corbeille et s'en alla dans un village chez un aubergiste ; il lui laissa la corbeille en disant : Qu'on n'y touche pas ; je m'en vais entendre la messe. Et quand il revint, il ne retrouva pas la corbeille, parce que les domestiques de l'aubergiste l'avaient prise pour mettre du fumier dedans. Et (Trianniscia) se mit à bavarder ; mais l'aubergiste lui dit : Tais-toi ; j'ai cent ducats, je te les donne. Quand (Trianniscia) eut l'argent, il enfila la rue et s'en alla.

Et que fit-il de nouveau? Il se cacha dans une église et entra dans un confessionnal. On était occupé à enterrer une dame ; il resta la nuit et ouvrit la tombe ; il en tira la dame, la chargea sur ses épaules et la porta hors de l'église. Il trouva un cheval, lui mit une selle, y plaça

ti signura eci panu, c' epirte 's Luppio. Ce mapale eftase 's a
cantinieri pu 'he donta tris orie hiatere. Epiache ce kateviche
ti signura, c' ipe 's to cantinieri : Kratesete mu ti kala tuti
signura, afichete ti na plosi, ti evo pao na kuso ti lutria ; na mi
mu tin efsesciopasete. C' epirte 's tin aglisia, ce jurise c' ekame
ti tin ivriche pesammeni, ce ancignafse na kai loja. Ce o cantinieri ipe : na mi fonasi, ti evo eho tris hiatere ; piakone mia ;
plea su piacei ? Ce cio ejaddefse mia, ce jurise m' ittin oria hiatera es ta adreffia tu. Ce ta adreffia votisane, c' ipane : ti mas
ekame tuo ? Mia ce mia dio, ce mia tri, one piannome, one den-
nome 's a sakko ce tone pernome is ti ttalassa.

Ce ton efortosane 's ton nomo na to mbelisune 's ti ttalassa.
C' eftasane 's a tiho c' epirta na kusu lutria. Ihe a cummenenzieri
pu istiche c' endali o fraulo, ce ide tuto prama, c' irte ampi 's to
tiho c' ipe : Ce ti ehi 's tuto sakko? Respundefse o Trianniscia
apu 'tto 'ssu : Dela ce amba esu ti eguenno evo. Ce o cummenenzieri on elise c' eguiche cio apu' c' essu c' embiche o cummenenzieri. Eguikane ta dio adreffia a tti luttria, epirtane ce
fortosane to sakko 's ton nomo ce motti eftasane 's ti ttalassa,
on epiakane ce on embelisane ec' essu. C' epianna ce jurizane
a tti ttalassa, ce leane : Libereftimosto af safto ! — Ma motti
eftasan eci simuddia 's to tiho, evrikane to Trianniscia pu en-
dale o fraulo, c' ipane : « Ascimi sorta ma ! tuos ene kanean
demoni pu mas pai combonnonta ! »

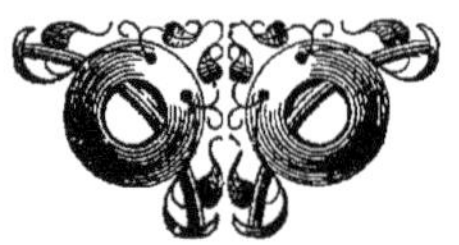

la dame et s'en alla à Lecce. Il entra chez un aubergiste, où il avait vu trois belles filles. Il prit la dame et la descendit (de cheval); et il dit à l'aubergiste : Veillez bien sur cette dame et laissez-la dormir pendant que je vais aller entendre la messe ; ne la découvrez pas surtout. — Il alla à l'église, et à son retour il fit semblant de trouver (la dame) morte, et il commença à faire beaucoup de bruit. Et l'aubergiste lui dit : Ne crie pas; j'ai trois filles, prends celle qui te plaira. — Il en choisit une et retourna chez ses frères avec cette belle jeune fille. Et ses frères se tournèrent (vers lui) et lui dirent : Quel tour nous as-tu joué ? Un et un deux, et un trois; prenons-le, lions-le dans un sac et allons le jeter à la mer.

Et ils le chargèrent sur leurs épaules pour le porter à la mer. Ils arrivèrent à un mur, ils jetèrent le sac derrière ce mur et allèrent entendre la messe. Il y avait (en cet endroit) un berger qui jouait de la flûte, il vit ce qui se passait, vint derrière le mur et dit : Qu'est-ce qu'il y a dans ce sac ? Et Trianniscia répondit de dedans : Viens ici et entre à ma place pour que je puisse sortir. Le berger délia le sac, Trianniscia en sortit et le berger y entra.

Les frères (de Trianniscia) sortirent de la messe, ils allèrent prendre le sac, le chargèrent sur leurs épaules; et quand ils furent au bord de la mer, ils le prirent et le jetèrent (dans l'eau). Et en quittant la mer, ils se disaient : Nous voilà débarrassés de lui! Mais quand ils arrivèrent auprès du mur, ils trouvèrent Trianniscia qui jouait de la flûte, et ils dirent : « Misérable sort que le nôtre! Ce Trianniscia est un diable qui nous joue de mauvais tours! »

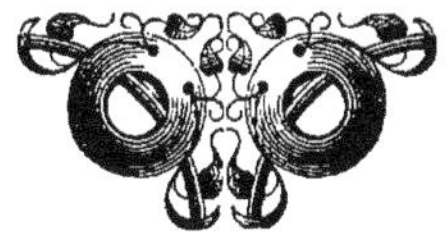